Ingo Siegner

Der kleine Drache Kokosnuss und das Vampir-Abenteuer

Ingo Siegner

Der kleine Drache Kokosnuss
und das Vampir-Abenteuer

cbj

cbj ist der Kinder- und Jugendbuchverlag
in der Verlagsgruppe Random House

Mix
Produktgruppe aus vorbildlich bewirtschafteten Wäldern, kontrollierten Herkünften und Recyclingholz oder -fasern
FSC
www.fsc.org Zert.-Nr. SW-COC-003532
© 1996 Forest Stewardship Council

Verlagsgruppe Random House FSC-DEU-0100
Das für dieses Buch verwendete FSC-zertifizierte Papier
Eurobulk von Biberist liefert Papier Union.

Gesetzt nach den Regeln der Rechtschreibreform.

2. Auflage

Umschlagbild und Innenillustrationen: Ingo Siegner
Lektorat: Hjördis Fremgen
Umschlagkonzeption: Basic-Book-Design, Karl Müller-Bussdorf
hf · Herstellung: WM
Satz und Reproduktion: Lorenz & Zeller, Inning a. A.
Druck: Finidr, s.r.o., Cesky Tessin
ISBN 978-3-570-13702-4
Printed in the Czech Republic

www.cbj-verlag.de

Inhalt

Ein Vampir!

Am frühen Morgen ist es noch ganz still auf der Dracheninsel. Nur das Geräusch kleiner Wellen weht vom Strand herauf und ein paar Schnarcher dringen aus den Drachenhöhlen.
Genau in dem Augenblick, als die Morgensonne über den Horizont steigt, kommt eine Gestalt aus einer der Höhlen geflogen und zischt in den Himmel hinauf.
Fast im selben Moment schreit ein aufgeregter Stacheldrache: »Ein Vampir! Ein Vampir hat mich gebissen!«
Nur kurze Zeit später ist der große Platz von vielen Drachen bevölkert: Stacheldrachen, Feuerdrachen, Langhalsdrachen, Spitzmauldrachen, Hörnerdrachen, Rüsseldrachen und andere stehen mit beunruhigten Mienen um den Stacheldrachen herum.
»Seht nur!«, sagt dieser und zeigt auf seinen Arm. »Hier hat er mich gebissen. Die Stelle ist noch

ganz rot! Und dann ist er durch den Höhlenausgang hinausgeflogen, in einem roten Umhang, jawohl!«

Neugierig blicken die Drachen auf die winzige Wunde.

»So was habe ich auch!«, ruft ein Rüsseldrache und zeigt eine kleine rote Stelle auf seinem Bein.

»Ich auch, ganz frisch! Hier, am Ellenbogen!«, ruft ein Langnasendrache.

Jetzt melden sich noch mehr Drachen. Alle scheinen von dem Vampir gebissen worden zu sein.

Da bahnt sich der Medizindrache Markus Medikus einen Weg durch die Menge. Ganz genau betrachtet er die Wunden.

»Das sind keine Bisse, sondern Stiche. Genauso einen hatte ich gestern auch. Völlig harmlos.«

»Aber, aber ...«, stottert der Stacheldrache, »es war ein Vampir, ganz sicher. Ich weiß doch, was ich gesehen habe!« Und mit einem verzweifelten Seufzer fügt er hinzu: »Oje, jetzt werde ich selbst zu einem Vampir!«

»Na, na«, beruhigt ihn der Medizindrache. »Vampire gibt es in Wirklichkeit gar nicht. Und außerdem kann sich ein Drache überhaupt nicht in einen Vampir verwandeln.«
»Genau«, meldet sich Kornelius Kaktus, der weise Drachenlehrer. »Man ist entweder ein Drache oder ein Vampir. Beides zugleich geht nicht.«

»Stimmt«, murmelt ein Bürzeldrache. »Ist doch logisch!«
Doch um sicherzugehen, beschließen die Drachen, für die nächste Nacht eine Vampir-Wache aufzustellen. Man kann ja nie wissen!
Der kleine Feuerdrache Kokosnuss, das Stachelschwein Matilda und das Feuerdrachenmädchen Lulu stehen am Rande des Platzes und beobachten die ganze Aufregung.
»Ein Vampir!«, sagt Kokosnuss. »Das ist ja ein Ding!« Er schaut auf seine Schulter und murmelt: »Auweia, ich habe auch so einen Stich. Ich dachte, das ist ein Mückenstich.«
»Ich habe auch einen«, sagt Lulu und betrachtet eine rote Stelle auf ihrem Arm.
Matilda untersucht ihr Fell und sagt: »Ich habe keinen.«
»Wahrscheinlich mögen Vampire kein Stachelschwein-Blut«, bemerkt Kokosnuss.
»Vampire gibt es in echt gar nicht«, sagt Lulu.
»Hm«, brummt Kokosnuss. »Der Stacheldrache hat doch einen gesehen.«

»Lulu hat aber recht«, meint Matilda. »Vampire gibt es nur in Geschichten.« Trotzdem läuft ihr ein Schauer durch die Stacheln, denn so ganz sicher ist sie sich nicht.

Kokosnuss überlegt laut: »Falls es aber doch ein Vampir war – wo würde er sich wohl verstecken?«

»Auf jeden Fall in einer Höhle«, antwortet Lulu. »Höhlen sind dunkel und Vampire lieben die Dunkelheit.«

Da hören sie eine Stimme: »Wenn ich ein Vampir wäre, würde ich mich in der Fledermaushöhle verstecken.«

Zwischen den Felsen lugt ihr Freund, der Fressdrachenjunge Oskar, hervor.
»Fledermaushöhle?!«, wiederholen die anderen.
Oskar kommt hervor und erklärt: »Bei uns Fressdrachen gibt es eine Höhle voller Fledermäuse.«
Die Fressdrachen wohnen jenseits einer tiefen Schlucht im Norden der Drachenberge.
»Bei uns herrscht genauso eine Aufregung«, berichtet Oskar. »Wir haben auch alle diese seltsamen Bisse!«
»Ach, du grüne Neune!«, murmelt Matilda.
»Die Fledermaushöhle sollten wir uns vielleicht mal anschauen«, sagt Kokosnuss.
Matilda rollt mit den Augen.
»Immer musst du dahin gehen, wo es gefährlich ist!«
»Aber du hast doch selbst gesagt, dass es Vampire gar nicht gibt«, entgegnet Kokosnuss.
»Schon, aber …«
»Wir gehen alle zusammen«, schlägt Lulu vor.
»Dann wird schon nichts passieren.«

Die Fledermaushöhle

Die Fledermaushöhle liegt sehr abgelegen, doch Oskar kennt den Weg. Am Mittag erreichen die Freunde den Höhleneingang.
»Sieht unheimlich aus«, flüstert Matilda.
»Wenn da wirklich ein Vampir drin ist«, sagt Kokosnuss, »dann schläft er wahrscheinlich. Tagsüber schlafen Vampire immer.«
Der kleine Drache sucht einen trockenen Ast und entzündet ihn mit einem Feuerstrahl. Mit dieser Fackel geht er langsam voran. Die anderen folgen ihm dichtauf. Immer weiter dringen sie in die düstere Höhle vor. Bald erkennen sie unzählige Fledermäuse, die schlafend vom Höhlengewölbe herabhängen.
»Brrr, wie gruselig!«, murmelt Matilda.
Da hält Lulu an. Angestrengt blickt sie nach oben in die hintere Ecke des Gewölbes.
»Leuchte doch mal dort hin!«, flüstert sie Kokosnuss zu.

Im Schein der Fackel erkennen sie etwas lila Schimmerndes. Es hängt neben den Fledermäusen an der Höhlendecke, nur ist es viel größer.

Vorsichtig nähern sich die Freunde. Was mag das sein?

»Ein Umhang«, murmelt Oskar.

»Flieg doch mal hinauf und sieh nach!«, flüstert Matilda Kokosnuss zu.

»Ich bin doch nicht lebensmüde!«, erwidert der kleine Drache.

»Pssst, nicht so laut!«, flüstert Lulu.
Das Drachenmädchen klettert auf einen kleinen Felsen und späht hinauf. In diesem Augenblick bewegt sich der Umhang. Blitzschnell springt Lulu wieder hinunter und ruft: »Weg hier!«
So schnell sie können, fliegen und rennen die Freunde hinaus ins Freie. Erst in einiger Entfernung von der Höhle bleiben sie stehen.
»Was hast du gesehen?«, fragt Kokosnuss außer Atem.
»Das glaubt ihr nicht!«, antwortet Lulu und ringt nach Luft. »Das war ein echter Vampir. Mit richtigen Vampirzähnen!«

»Au Backe!«, keucht Matilda und blickt zum Höhleneingang. »Hier sind wir jedenfalls sicher.« Sie schaut zur Sonne, die jetzt hoch am Himmel steht. »Vampire dürfen doch nicht in die Sonne, oder?«
»Genau«, pflichtet Lulu ihr bei. »In der Sonne zerfallen sie zu Staub.«
Plötzlich hören sie Schritte. An einem Felsen neben der Höhle kullern ein paar Kieselsteine herab.
»Wer ist da?«, ruft Kokosnuss.
Hinter dem Felsen guckt ein Junge mit lockigem Haar hervor. Den Freunden gefriert das Blut in den Adern: Aus dem Mund des Jungen ragen zwei lange, spitze Vampirzähne!
»Wir zerfallen in der Sonne nicht zu Staub«, sagt der Junge leise. »Das ist nur ein Gerücht.«
Die Freunde können sich erst vor Schreck nicht rühren. Ein echter Vampir! Doch dann tritt Oskar einen Schritt vor und ruft: »Glaub ja nicht, du könntest uns Angst einjagen! Ich habe viel spitzere Zähne als du!«

»Und wir können Feuer speien!«, rufen Kokosnuss und Lulu.
»Und ich habe Stacheln so spitz wie, äh, wie Spitzkohl!«, ruft Matilda.
»Spitzkohl?«, flüstert Kokosnuss verwundert.
»Mir ist gerade nichts Besseres eingefallen«, flüstert Matilda zurück.
Der kleine Vampir aber schwingt seinen Umhang und ruft: »Wir Vampire sind unbesiegbar und können fliegen!«

Blitzschnell erhebt er sich in die Luft, fliegt zischend um die Freunde herum und landet wieder an der Höhle. Kokosnuss und die anderen erstarren.

»F-fliegen können wir auch«, stottert der kleine Drache. »N-nur nicht so schnell.«

»Ich bin der schnellste Flieger in meiner Schulklasse!«, erklärt der Vampir-Junge stolz.

»Du gehst zur Schule?«, fragt Oskar verblüfft.
»Klar, Vampirschule, zweite Klasse. Ich heiße Bissbert, und wer seid ihr?«
Die Freunde blicken einander erstaunt an. Ein Vampir, der zur Schule geht! Kokosnuss atmet tief durch und stellt sich und die anderen vor. Dann fasst er sich ein Herz und fragt: »Und w-warum beißt du uns Drachen?«
»Ich, ähm«, antwortet Bissbert stotternd, »ich habe euch gar nicht gebissen. Ich habe nur Blutproben genommen.«
Der Vampir-Junge holt eine kleine Spritze hervor. Erschrocken weichen die Drachenkinder zurück.
»Keine Angst«, sagt Bissbert. »Euer Blut habe ich vorletzte Nacht schon probiert.«

Matilda aber fürchtet sich nicht vor Spritzen. Und dieser Bissbert kommt ihr gar nicht so gefährlich vor.
»Willst du mich etwa auch piksen?«, ruft das Stachelschwein empört.
»Nein, nur die Drachen«, antwortet der Vampir-Junge. »Ich suche ein bestimmtes Drachenblut, nämlich die Blutgruppe Transsilvaner positiv.«
Er blickt zu Boden und sagt leise: »Mein Vater leidet an einer seltenen Vampirkrankheit. Er kann nachts nicht mehr richtig sehen. Es wird immer schlimmer. Neulich ist er sogar gegen einen Kirchturm geprallt. Er braucht unbedingt das Drachenblut Transsilvaner positiv. Das hilft gegen Nachtblindheit bei Vampiren.«
»Aber wie erkennst du denn dieses Drachenblut?«, fragt Lulu. »Blut schmeckt doch immer gleich.«
»Hast du eine Ahnung! Jedes Blut schmeckt anders!«, erwidert Bissbert. »Ich durfte mal einen winzigen Rest von Transsilvaner positiv probieren. Das erkenne ich unter einer Million Blutgruppen

wieder. Wir Vampire haben ein ausgezeichnetes Blutgedächtnis.« Doch dann lässt Bissbert den Kopf hängen: »Ich habe alle Drachen durchprobiert, aber Transsilvaner positiv war nicht darunter.«

»Du hast schon alle Drachen gepikst?«, fragt Kokosnuss.

»Auch die Drachen jenseits des Großen Sees?«

»Ja.«

»Und die Meeresdrachen?«, fragt Matilda.

»Nur die Landdrachen«, antwortet Bissbert.

»Der Vampirdoktor hat gesagt, es muss ein Landdrache sein. Aber er wusste leider nicht mehr, welcher.«

»Und was ist mit den Drachen, die unter der Erde leben?«, fragt Kokosnuss.

Bissbert stutzt. »Unter der Erde gibt es Drachen?«
»Klar«, sagt Lulu. »Die Erddrachen. Da gibt es Wühldrachen, Wurmdrachen, Tunneldrachen, Schlammdrachen. Die leben alle in der Erde.«
»Äh, also«, stottert der Vampir-Junge, »bei denen war ich noch nicht. Ich wusste gar nicht, dass es die gibt. Und außerdem, wie soll ich die denn finden? Ich bin doch kein Maulwurf.«
Kokosnuss grinst und sagt: »Ich weiß, wie wir sie finden. Kommt mit!«
»Wartet!«, sagt Bissbert. »Vorher muss ich noch etwas holen!«
Der kleine Vampir rennt in die Höhle. Kurz darauf kommt er zurück, ganz außer Atem und mit einer großen Tasche in der Hand.
»Was ist denn da drin?«, fragt Kokosnuss.
»Ooch, nur ein paar Sachen, die ich brauche.«

Mini Mo

Kokosnuss, Matilda, Oskar, Lulu und Bissbert wandern zum Rand der Sieben Sümpfe. Der kleine Feuerdrache nimmt einen Stein und schlägt ihn mehrmals an einen Felsen.
Nicht lange, und ein kleiner Wühldrache schaut unter dem Felsen hervor. An seinen kräftigen Vorderpfoten wachsen lange Krallen zum Graben und auf seiner Nase sitzt eine dunkle Sonnenbrille. Zuerst schnüffelt er misstrauisch die Umgebung ab, doch dann verzieht sich sein kleines Maul zu einem breiten Grinsen.
»Hey, Kokosnuss, bist du das, alte Granate? Und Matilda und die anderen sind ja auch dabei! Und …« Er schnüffelt in Bissberts Richtung. »Da ist doch noch jemand.«
»Ja, ehm«, sagt Kokosnuss. »Das ist Bissbert, ein kleiner Vampir, und er …«
»Vampir?«, wiederholt Mini Mo und schnüffelt. »Tach auch, Bissbert. Interessanter Geruch, ein

bisschen gruftig. Mag ich, bist bestimmt 'ne erdige Haut.«

»Hallo«, sagt Bissbert schüchtern.

Matilda flüstert Bissbert zu: »Die Wühldrachen sind fast blind, doch sie können gut riechen.«

»Also«, fährt Kokosnuss fort, »Bissberts Vater ist krank. Er braucht unbedingt das Drachenblut Transsilvaner positiv.«

»Hä?«, fragt Mini Mo.

»Bissbert hat schon alle Drachen durchprobiert und das richtige Blut nicht gefunden«, meldet sich Lulu.
»Durchprobiert?«, wiederholt der kleine Wühldrache verdutzt. »Was heißt denn ›durchprobiert‹?«
»Nun«, sagt Kokosnuss, »er nimmt mit einer kleinen Spritze Blut ab und prüft es.«
Mini Mo schluckt. »Spritze?«

»Tut gar nicht weh«, sagt Bissbert.
»Wir wollten mal fragen, ob du alle Erddrachen zusammentrommeln könntest. Für eine kleine Blutprobe«, erklärt Kokosnuss.
»Tja, ehm, na ja, wenn es Bissberts Vater hilft«, brummt Mini Mo. »Wartet, bin gleich wieder da!«
Im Nu ist der Wühldrache wieder unter dem Felsen verschwunden.
»Erddrachen sind wirklich angenehme Wesen«, sagt Kokosnuss. »Immer gut gelaunt und unkompliziert.«
»Stimmt«, meint Oskar und schüttelt den Kopf.
»Gleich kommen die alle und spenden Blut.«
Tatsächlich: Kurze Zeit später tauchen von überall her Wühldrachen, Wurmdrachen, Tunneldrachen und Schlammdrachen auf.
Mini Mo flitzt aufgeregt schnüffelnd hin und her und ruft: »Bitte eine Schlange bilden!«
»Schlange?«, fragt ein Wurmdrache.
»Er meint eine Reihe«, erklärt ein Schlammdrache. »Das ist wie beim Eiswagen am Strand. Da muss man sich auch anstellen.«

»Nur dass es hier kein Eis gibt«, meldet sich ein Tunneldrache.
»Sondern eine Spritze, brrr«, sagt ein Wühldrache und schüttelt sich.
»Das ist gar nicht so schlimm«, bemerkt der Schlammdrache. »Das kenne ich vom Impfen. Es pikst nur ein bisschen.«
»Außerdem«, meldet sich der Wurmdrache, »kriegt man nicht alle Tage einen echten Vampir vor die Schnüffelnase.«
Und obwohl die Erddrachen nur schlecht sehen können, bilden sie eine lange Reihe. Bissbert sticht jeden mit einer kleinen Spritze in den Arm, zieht ein Tröpfchen Blut heraus und probiert es.

Dann säubert er die Spritze sorgfältig und nimmt eine Probe vom nächsten Drachen.
So probiert der kleine Vampir bis tief in den Abend hinein. Doch kein einziger Erddrache hat die Blutgruppe Transsilvaner positiv.
Als der Letzte, ein Wurmdrache, an der Reihe ist, seufzt Bissbert: »Wenn du jetzt nicht das richtige Blut hast, dann weiß ich auch nicht weiter.«
Er säubert die Nadel, setzt an, pikst, zieht ein winziges Tröpfchen Blut heraus und prüft es mit der Zunge. Kokosnuss und die anderen halten den Atem an. Bissbert aber senkt den Blick. Eine kleine Träne kullert an seiner Wange herunter.

»Das ist es auch nicht«, schluchzt er. »Jetzt wird mein Vater nachts nie wieder richtig sehen können. Wahrscheinlich wird er eines Tages gegen einen Wolkenkratzer donnern und sich schwer verletzen!«

Der Wurmdrache gibt Bissbert einen freundschaftlichen Klaps und sagt: »Tut mir leid, Kumpel. Ich wünsch dir viel Glück!«

Mit diesen Worten schlüpft er zu seinen Artgenossen unter die Erde zurück.

Transsilvaner positiv

Hey, Leute«, sagt Mini Mo, »das ist wirklich dumm gelaufen, aber wir haben alles Drachenmögliche getan.«
»Waren wirklich alle Erddrachen dabei?«, fragt Kokosnuss.
»Alle, alle, alle!«, versichert Mini Mo. »Da war keiner, den ich nicht geschnüffelt habe. Und wen ich nicht schnüffele, der ist nicht da. Und da keiner da war, der nicht da war, war keiner nicht da. Also waren alle da.«
Da meldet sich Matilda: »Hat Bissbert eigentlich von dir eine Blutprobe genommen?«
»Äh, von mir?«, wiederholt Mini Mo. »Wieso von mir? Ich habe doch kein Transsilvaner-Blut. Das wüsste ich! Ich meine, so was weiß man doch, wenn man so ein Blut hat. Transsilvaner! So was!«
»Wer weiß?«, entgegnet Kokosnuss.
»Kokosnuss hat recht«, sagt Lulu. »Vielleicht hast gerade du Transsilvaner positiv.«

Mini Mo schluckt. Er räuspert sich und sagt:
»Nun, äh, aha. Dann, äh, tut das eigentlich sehr weh?«
»Es pikst nur etwas«, antwortet Bissbert.
»Soso, ja dann, also, einverstanden!«, sagt Mini Mo, hält Bissbert seinen Arm hin, holt tief Luft, kneift die Augen zusammen und zittert wie ein Wackelpudding.
»Nicht so zittern«, sagt Bissbert.

»G-geht nicht anders!«, erwidert Mini Mo.
»Achtung!«, sagt Bissbert und sticht ein winziges Loch in Mini Mos Arm.
»Autsch!«, ruft der Wühldrache.
»Schon fertig«, sagt der kleine Vampir.
»Wie jetzt?«, fragt Mini Mo verblüfft. »Das war's?« Er beschnuppert seinen Arm, bewegt ihn hin und her, grinst und sagt: »Tja, das war's, ist ja ein Kinderspiel!«
Bissbert aber probiert ein Tröpfchen von Mini Mos Blut. Seine Augen weiten sich. Er springt auf und ruft: »Das ist es! Transsilvaner positiv!«

»So ein Glück!«, ruft Kokosnuss freudig.
Die anderen sind auch erleichtert. Mini Mo aber wirft sich in die Brust und sagt stolz: »Eigentlich hatte ich es mir schon gedacht. Ich bin schließlich nicht irgendein dahergelaufener Drache, sondern Mini Mo, der kleinste und beste Wühldrache der Welt! Ganz logisch, dass ich Transsilvaner positiv habe. Wer sonst?«

Bissbert aber hat sich auf einem Stein niedergelassen und macht plötzlich ein ganz trauriges Gesicht.

»Was hast du denn?«, fragt Kokosnuss.
Der Vampir-Junge blickt auf den winzigen Mini Mo und sagt: »Ich brauche fünf Liter.«
Der Wühldrache hält inne. Er schluckt und stottert: »F-f-f-f-fünf L-l-l-l-liter?«
»Das ist ja ein halber Eimer voll«, sagt Lulu.
»Das wären ungefähr fünfzig Mini Mos«, murmelt Kokosnuss.
»Fünfzig?«, ruft Mini Mo bestürzt. »Mich gibt es aber nicht fünfzigmal, mich gibt es nur einmal, mehr nicht. Und das finde ich völlig richtig! Jeden gibt es nur einmal!«
»Vielleicht hat noch jemand aus deiner Familie die gleiche Blutgruppe wie du?«, sagt Bissbert.
»Aber die hast du alle schon durchprobiert!«, erwidert Mini Mo verzweifelt.

Da fällt Kokosnuss etwas ein: »Gibt es nicht irgendeinen fernen Verwandten, der etwas größer ist als du?«
Mini Mo überlegt. »Wenn du mich jetzt so fragst ... Ich habe einen entfernten Cousin, der heißt Big Bo. Er ist ein Grasdrache und lebt im Grünland.«
»Im Grünland?«, fragt Lulu. »Seit wann gibt es dort Drachen?«
»Dort gibt es genug zu essen für Big Bo«, erklärt Mini Mo. »Er ist nämlich etwas groß geraten und braucht sehr viel Gras.«
»Aber im Grünland gibt es Schlucklöcher«, wendet Kokosnuss ein.
»Schlucklöcher?«, fragt Bissbert.
»Die verschlucken jeden, der in ihre Nähe kommt. Schlucklöcher ziehen alles in die Erde hinab. Deshalb leben dort eigentlich keine Drachen.«
Alle schauen Mini Mo fragend an. Dieser hebt die Schultern und sagt: »Vielleicht ist Big Bo ja zu groß für die Schlucklöcher.«

Kokosnuss verschränkt seine Arme vor der Brust: »Schluckloch hin oder her: Ich finde, wir sollten Bissbert helfen.«
»Ich auch«, sagt Lulu.
»Keine Frage«, sagt Oskar.
»Und die Schlucklöcher?«, fragt Matilda.
»Hm, mal überlegen«, sagt Kokosnuss. »Wir könnten uns doch anseilen. So sind wir gegen die Schlucklöcher gesichert.«

»Gute Idee«, sagt Lulu. »Aber wie kommen wir alle zusammen ins Grünland? Nicht jeder von uns kann fliegen. Und zu Fuß dauert das Tage!«
»Wir fliegen«, antwortet Bissbert bestimmt. »Ich kann Oskar Huckepack nehmen.«
»Und ich Matilda«, sagt Kokosnuss.
»Dann nehme ich Mini Mo«, sagt Lulu.
»Prima!«, ruft Mini Mo. »Auf ins Grünland!«

Erdbeben und Erdbeeren

Das Grünland liegt jenseits der großen Wüste. Die Freunde überqueren die Wüste im Flug und erreichen das Grünland am Abend kurz vor Sonnenuntergang. Am Rande der weiten, hügeligen Landschaft schlagen sie ein Nachtlager auf. Staunend betrachtet Kokosnuss das saftige Grün der Wiesen. Eine frische Brise weht vom weit entfernten Meer herüber und streicht wie eine riesige, unsichtbare Hand über das Gras.

»Das ist also das Grünland«, murmelt der kleine Feuerdrache.

Alle sind müde von der Reise. Im Schutz eines mächtigen Baumes schlafen sie bald tief und fest. Nur Bissbert schaut noch eine ganze Weile nachdenklich in die hereinbrechende Dunkelheit und fragt sich, ob sie morgen Big Bo finden werden und ob Big Bo auch die richtige Blutgruppe hat. Wenn nicht, dann … aber daran möchte Bissbert lieber nicht denken.

Schließlich fliegt der kleine Vampir auf einen Ast, lässt sich kopfüber nach unten hängen und ist im Nu eingeschlafen.

Am Morgen darauf beginnen die Freunde in aller Frühe mit der Suche nach Big Bo. Bis in die Mittagsstunden fliegen sie in weitläufigen Kreisen über das Grünland, doch so sehr sie sich auch anstrengen, von Big Bo ist keine Spur zu sehen. Bald sind Kokosnuss und Lulu vom Fliegen ganz müde. Drachenkinder können noch nicht so lange fliegen, besonders wenn sie jemanden Huckepack dabeihaben.

»Dort hinten ist ein Berg!«, ruft Matilda. »Da können wir landen. Auf Bergen gibt es keine Schlucklöcher!«

So landen sie auf dem breiten, kahlen, von Moos bedeckten Bergrücken. Hier oben ist es kühl und windig.

»Brrr«, brummt Matilda. »Da frieren einem ja die Stacheln weg.«

Kokosnuss springt auf und sagt: »Wir machen ein Lagerfeuer!«

Flink fliegt er hinab zu einem Hain und sammelt vorsichtig ein paar herumliegende Äste. Dabei achtet er darauf, nicht den Boden zu berühren. Es könnte ein Schluckloch in der Nähe sein!

Oben auf dem Bergrücken legt er das Holz zu einem Stapel und entzündet es mit einem Feuer-

strahl. Die Freunde setzen sich gemütlich um das kleine Lagerfeuer herum. Manchmal werfen sie einen Blick hinunter auf die Wiesen am Fuß des Berges. Irgendwo dort unten lauern die Schlucklöcher. Es heißt, jemand, der in ein Schluckloch gerät, würde für immer darin verschwinden – wie vom Erdboden verschluckt.
Mini Mo schnüffelt. »Der Geruch hier oben, hm, kommt mir bekannt vor.«
Plötzlich bebt der Boden.
»Was ist das?«, ruft Matilda.

Das Beben wird stärker und stärker, bis die Freunde hilflos durcheinanderpurzeln. Die glühenden Holzscheite fliegen durch die Luft. Oskar, Matilda und Mini Mo kullern den Berghang hinab.

»Hilfe!«, schreien sie verzweifelt.

»Haltet euch fest!«, ruft Kokosnuss. »Wir kommen!«

»Hier ist nichts zum Festhalten!«, schreit Matilda.

Kokosnuss, Lulu und Bissbert fliegen hinterher, doch die drei sind schon auf die Wiese gestürzt.

»Nicht bewegen! Denkt an die Schlucklöcher!«, ruft Kokosnuss und nähert sich vorsichtig aus der Luft.

Oskar blickt sich um.

»Alles in Butter«, ruft er. »Von Schluckloch keine Spur.«

»Seht mal!«, ruft Matilda. »Hier gibt es Erdbeeren!«
»Lecker!«, jauchzt Oskar und pflückt gleich zwei Pfoten voll kleiner Wiesenerdbeeren.
»Huppi! Meine Leibspeise!«, ruft Mini Mo. Er beißt genüsslich in eine Erdbeere, die größer ist als er selbst.
Auch Kokosnuss, Lulu und Bissbert sind inzwischen gelandet. Misstrauisch beobachten sie das Gras. Doch dann beginnt auch Bissbert, Erdbeeren zu sammeln. Er holt einen Pfeffersack aus der Hosentasche und bestreut die Beeren mit Pfeffer.
»Igitti, was machst du denn da?«, sagt Matilda und verzieht den Mund.
»Wir Vampire lieben Erdbeeren. Am liebsten mit Pfeffer!«
Die anderen schauen den kleinen Vampir verblüfft an.
»Ich dachte«, sagt Kokosnuss, »Vampire trinken nur Blut.«
»Oh nein«, antwortet Bissbert. »Wir mögen alles, was rot ist. Je roter, desto besser. Und Blut ist

zwar in Ordnung, aber lieber trinken wir Traubensaft. Der ist viel aromatischer.«
Da sagt Mini Mo: »Hört ihr auch dieses Grummeln? Es kommt aus der Erde.«
Die anderen spitzen die Ohren, doch sie hören nur den Wind, der über die Gräser streicht.
»Lasst uns lieber die Seile anlegen«, schlägt Lulu vor.
Nachdem sie sich angeseilt haben, ertönt ein deutlich vernehmbares Grollen.

»Schon wieder«, sagt Mini Mo. »So etwas habe ich noch nie gehört. Und mit der Erde kenne ich mich aus.«
»Vielleicht wieder ein Erdbeben?«, fragt Matilda. Plötzlich öffnet sich die Erde unter ihnen.
»Ein Schluckloch!«, kreischt Mini Mo und schon werden alle sechs Abenteurer in die Erde hinabgezogen. Im letzten Moment krallt Oskar sich am Grasrand fest. Die anderen hängen unter ihm an den Seilen. Kokosnuss, Lulu und Bissbert versuchen verzweifelt, aus dem Loch hinauszufliegen, doch das Schluckloch saugt sie mit einer unsichtbaren Kraft nach unten.
»Oskar, kannst du uns herausziehen?«, keucht Kokosnuss.

Oskar schnappt nach Luft und ruft: »Ich kann mich selber kaum halten!«
Seine Krallen rutschen langsam durch das Gras auf den Abgrund zu.
Da hat Kokosnuss eine Idee: »Bissbert, schütte deinen Pfefferbeutel aus, schnell!«
»Wozu?«, ruft Bissbert, doch dann versteht er. Flink zieht er den Pfefferbeutel aus der Hosentasche und schüttelt ihn aus.
»Heda, was soll das denn?«, rufen Matilda und Lulu empört und müssen niesen: »Hapschü!«
»Happischü!«, niest auch Mini Mo und protestiert: »Was soll das? Als ob wir nicht genug Probleme hätten! Jetzt regnet's auch noch Pfeffer!«
»Was ist denn los da unten?«, stöhnt Oskar. »Ich kann mich nicht mehr halten!«

»Halt durch!«, ruft Kokosnuss.
Mit einem Mal ist es still. Kurz darauf dringt aus der Tiefe ein dumpfes Beben.
»HA – HA – HA – HAAA – HAAPPPSCHI-SCHÜÜÜÜÜ!!!!!«
Ein gewaltiger Nieser explodiert und schießt die Freunde in hohem Bogen aus der Erde. Am Seil schwingen sie hilflos durcheinander in der Luft, bis sie wie eine Perlenkette an einem langen, felsähnlichen Vorsprung hängenbleiben.
Verwundert beobachten die Freunde, wie das Schluckloch sich wieder schließt.
»Pfeffer«, murmelt Matilda und schüttelt den Kopf. »Man nimmt einfach Pfeffer und schon wird man nicht mehr verschluckt. So was!«
»Cool!«, staunt Mini Mo.

»Wie bist du denn darauf gekommen, Kokosnuss?«, fragt Lulu.

»Hm, jeder, den ich kenne, muss niesen, wenn er Pfeffer in die Nase kriegt. Da dachte ich, vielleicht geht es den Schlucklöchern genauso.«

»Das war mal wieder eine typische Kokosnuss-Idee«, sagt Matilda und grinst.

»Aber Big Bo«, sagt Bissbert traurig, »haben wir immer noch nicht gefunden.«

Big Bo

Woran hängen wir hier eigentlich, wenn ich mal fragen darf?«, will Matilda wissen.
»Hm, so eine Art moosbedeckter Felsen«, sagt Kokosnuss.
»Merkwürdiger Felsen«, murmelt Lulu und streckt ihre müden Flügel. »Sieht aus wie ein grüner Riesenwurm.«
Mini Mo schnuppert. »Das riecht genauso wie da oben auf dem Berg. Ich sag euch, den Geruch kenne ich. Hm, nur woher?«
Plötzlich bewegt sich der seltsame Felsen.
»Hilfe!«, schreit Matilda.
Das merkwürdige Felsdings saust empor, dann hinab, wieder hoch und wieder hinunter. Dann kippt es schräg zur Seite, wie in einer Achterbahn. Die Freunde schaukeln hin und her, bis ihnen ganz schwindlig wird. Mit einem Mal bleiben sie ruckartig in der Luft stehen.

Vor ihnen erblicken sie ein riesenhaftes Maul und zwei Augen, so groß wie Mühlräder. Und dahinter erhebt sich der Berg, auf dem sie vorhin ein Feuer entfacht haben.
»Ha! Wusst ich's doch!«, ruft Mini Mo freudig. »Big Bo! Hab ich gleich gerochen!«
Kokosnuss staunt: Der Felsvorsprung, an dem sie hängen, ist in Wirklichkeit der Schwanz eines gigantischen Drachens.

Das riesige Maul öffnet sich: »Mini Mo? Du hast dich ja ganz schön verkleinert.«
»Wie bitte?«, erwidert Mini Mo empört. »Ich bin genauso wie immer! Aber du bist größer geworden! Groß wie ein Berg!«

Das stimmt. Big Bo ist wirklich so groß wie ein Berg. Und der Berg von vorhin, das war niemand anderes als Big Bo. Oje, und sie haben auf seinem Rücken ein Feuer angezündet. Deshalb hat der »Berg« auch so gewackelt! Hoffentlich ist Big Bo ihnen deswegen nicht böse.
Doch der riesige Grasdrache räuspert sich nur und sagt: »Nun, äh, es stimmt, dass ich etwas gewachsen bin. Aber das Gras hier schmeckt nun einmal vorzüglich. Da esse ich schon einmal einen Happen mehr. Außerdem brauche ich mit meiner jetzigen Größe vor den Schlucklöchern keine Angst mehr zu haben. Neulich hat eines versucht, meinen kleinen Zeh zu verschlucken. Das hatte eine ganz schöne Maulsperre, kann ich euch sagen!«
Vorsichtig setzt der Grasdrache die Freunde ab. Kokosnuss blickt sich misstrauisch um.
»Keine Sorge, kleiner Drache«, sagt Big Bo. »Hier ist kein Schluckloch. Aber sagt, was führt euch ins Grünland?«
Da lösen die Freunde die Seile und Mini Mo

stellt alle vor, erst Kokosnuss, dann Matilda, Lulu und Oskar und schließlich Bissbert.
»Ein Vampir?«, sagt Big Bo und mustert Bissbert verstohlen. »Bist du gefährlich?«
»I wo!«, antwortet Bissbert. »Aber ich hätte gerne eine Blutprobe von dir.«
»Eine Blutprobe? Warum das denn?«
Da erklärt Kokosnuss: »Bissbert sucht eine bestimmte Drachenblutgruppe. Die würde Bissberts Vater gegen seine Nachtblindheit helfen. Vielleicht hast du ja die richtige Blutgruppe. Du würdest Bissbert einen großen Gefallen tun!«
Bissbert holt seine kleine Spritze hervor. Big Bo zuckt zusammen.
»Aber, äh, das pikst doch«, sagt der Grasdrache und schluckt.
»Nur ein kleines bisschen«, versichert Mini Mo. »Alle Drachen haben eine Blutprobe gegeben. Man spürt fast nichts.«
»Alle haben mitgemacht?«
»Sogar ich!«, sagt Mini Mo stolz.

Big Bo räuspert sich: »Nun, wenn das so ist, dann gebe ich auch eine Probe ab.«
Bissbert geht hinüber zu Big Bos riesiger Klaue.
»Äh, w-was hast du vor?«, stottert der Grasdrache.
»Nun ja, hineinstechen muss ich schon«, sagt Bissbert.
»A-aber ich, äh, ich habe manchmal Nasenbluten. Könnten wir nicht so lange warten, bis ich mal Nasenbluten habe?«
»Wann ist denn das?«, fragt Kokosnuss.
»Meistens im Herbst«, antwortet Big Bo.
»Solange können wir aber nicht warten«, sagt Bissbert.
Big Bo schluckt ein weiteres Mal und murmelt: »Na gut.«
Er rückt seine Klaue ein wenig vor, holt tief Luft und kneift die Augen zusammen.
»Auauauauauaua atschi!«, jammert der riesige Drache mit schmerzverzerrtem Gesicht.
»Ich habe noch gar nicht gepikst«, sagt Bissbert.
Big Bo öffnet ein Auge: »Noch nicht?«

»Nein, aber jetzt!«, antwortet Bissbert.
Big Bo kneift wieder beide Augen zu. Bissbert sticht vorsichtig durch die dicke Drachenhaut und zieht etwas Blut heraus.
»Uuuuuuiiiiiüüüühh autsch!«, heult Big Bo.
»Schon passiert«, sagt Bissbert.
Big Bo öffnet ein Auge: »Das war's schon?« Er öffnet auch das zweite Auge und atmet erleichtert aus: »Puh! Das war ja halb so schlimm!«

Bissbert probiert Bos Blut. Kokosnuss und die anderen schauen den kleinen Vampir erwartungsvoll an. Und Mini Mo, der ja nichts sieht, lauscht gespannt. Bissbert schmeckt und schmeckt und strahlt bis über beide Ohren.

»Das ist es!«, ruft er.

Vor Freude macht er drei Luftüberschläge.

Big Bo ist stolz und sagt: »Also habe ich die richtige Blutgruppe!«

Und obwohl er grün ist, wird er ein kleines bisschen rot. Rotgrün sozusagen. Jetzt holt Bissbert aus seiner Tasche eine ziemlich große Spritze hervor. Genau fünf Liter Blut passen da hinein.

Big Bos Augen werden noch größer als zwei Mühlräder.

»W-was hast du denn mit der Riesenspritze vor?«, stottert er.

»Damit mein Vater wieder gesund werden kann, bräuchte ich fünf Liter«, erklärt Bissbert verlegen.

»F-f-f-f-ünf L-l-l-l-l-iter?«, wiederholt Big Bo fassungslos. »Aber das überlebe ich nicht! Und wenn ich das nicht überlebe, dann bin ich ja tot!«
Kokosnuss schüttelt den Kopf und sagt: »Du hast bestimmt viele Hundert Liter Blut. Du merkst gar nicht, wenn dir fünf Liter fehlen.«
»Kokosnuss hat recht«, versichert Mini Mo.
Auch die anderen nicken mit den Köpfen.

»A-aber«, stottert der Grasdrache. »Diese riesige Spritze … das tut doch höllisch weh!«

»Weißt du was?«, schlägt Kokosnuss vor. »Bissbert fliegt ganz nach hinten und pikst ins Bein. Das ist so weit weg, das spürst du bestimmt gar nicht.«

»Und wir erzählen dir inzwischen eine Geschichte«, sagt Matilda.

»Ei-eine Geschichte?«, wiederholt Big Bo.

»Ja, die Geschichte von der Seeschlange Sibylle«, sagt Matilda.

»Gute Idee!«, ruft Bissbert und fliegt in Richtung von Big Bos hinterem Teil.

Ängstlich schaut der Riesendrache dem kleinen Vampir nach. Er kneift wieder beide Augen zu und verzieht sein Gesicht.

»Bo, stell dich nicht so an!«, sagt Mini Mo. »Bissbert ist doch noch nicht einmal bei deinem Bein angekommen.«

»Aber gleich«, presst Big Bo hervor.
»Also«, beginnt Matilda, »es war einmal eine große Seeschlange, die hieß Sibylle.«
»Aaaaaaaaaaah autschi autschi autschi!«, bricht es aus Big Bo hervor. »Jetzt hat er zugestochen!«
Oskar schaut hinüber zu Bissbert und sagt: »Also, zugestochen hat er noch nicht.«
»Nicht?«, fragt Big Bo. »Aber jetzt, oder?«
Matilda rollt mit den Augen und hebt wieder an: »Die große Seeschlange Sibylle lebte …«
»Stopp!«, ruft Big Bo. »Jetzt hat es aber gepikst!«
Oskar schaut und sagt: »Stimmt.«
»Ha! Diesmal hatte ich recht!«, ruft Big Bo triumphierend. »Ich habe es gemerkt, jawohl!«
Da kommt Bissbert schon mit der vollen Fünf-Liter-Spritze herbeigeflogen und strahlt über das ganze Gesicht: »Vielen Dank, Big Bo! Jetzt wird mein Vater bestimmt wieder gesund!«

Der Grasdrache fühlt sich geschmeichelt. Er wiegt den Kopf und brummt: »Oooch, keine Ursache. Es hat gar nicht so besonders wehgetan.«

Bissbert verschließt die große Spritze, verstaut sie sorgfältig in seiner Tasche und sagt: »Jetzt muss ich mich aber auf den Weg machen. Mein Vater wartet sicher schon auf mich. Wenn ihr uns einmal besuchen wollt, seid ihr herzlich willkommen! Und nochmals vielen Dank für eure Hilfe!«
Der kleine Vampir grinst, zeigt noch einmal seine spitzen Vampirzähne und zischt durch den blauen Himmel davon. Staunend blicken die anderen ihm nach.
»Der fliegt schneller als eine Rakete«, sagt Oskar.
»Wo die Vampire wohl wohnen?«, fragt Matilda.

»Das will ich lieber gar nicht wissen«, sagt Lulu.
»Bestimmt weit weg, hinter den hintersten Bergen«, vermutet Mini Mo.
»Hm«, murmelt Kokosnuss nachdenklich. »Wie kommen wir denn ohne Bissbert zur Drachenbucht zurück?«
»Ups!«, sagt Lulu.
Da brummt Big Bo: »Wenn ihr mir die Geschichte von der Seeschlange erzählt, bringe ich euch zurück.«

Das lassen sich die Freunde nicht zweimal sagen. Sie klettern auf Big Bos Rücken und reiten auf dem riesigen Grasdrachen durch das Grünland und die große Wüste zurück nach Hause. Matilda aber sitzt in Big Bos Ohr und erzählt ihm während der Reise die Geschichte von der Seeschlange Sibylle. Doch das ist eine andere Geschichte …

Foto: © privat

Ingo Siegner wurde 1965 in Hannover geboren. Wie er selbst sagt, hat er nach seinem Zivildienst ein bisschen vor sich hin studiert (Geschichte und Französisch), war zwei Jahre als Au-pair und Student in Frankreich und machte eine Sparkassenlehre. Heute arbeitet er als freier Autor und Illustrator. Der Autodidakt, der seine Farben am liebsten immer bei sich hat, schreibt und zeichnet seit Jahren für Nachbarskinder und liest gern vor.
Für Nachbarskinder erfand er zum Spaß Geschichten vom kleinen Drachen Kokosnuss, der sich binnen kurzem zum beliebten Kinderbuch - Charakter entwickelte.

Ingo Siegner

Der kleine Drache Kokosnuss und die wilden Piraten

72 Seiten, mit farbigen Illustrationen, ISBN 978-3-570-13437-5

Echte Piraten? Der kleine Drache Kokosnuss und seine Freundin Matilda glauben, sie träumen. Da ankert doch direkt neben ihrem Floß ein flottes Piratenschiff und der berüchtigte Schlimme Jim lädt sie freundlich zur Schiffsbesichtigung ein. Wenn das mal keine Seeräuberfalle ist ...

Ingo Siegner

Der kleine Drache Kokosnuss im Spukschloss

72 Seiten, mit farbigen Illustrationen, ISBN 978-3-570-13039-1

Vor einem nächtlichen Gewitter retten sich der kleine Drache Kokosnuss und seine Freundin Matilda ins Schloss Klippenstein. Doch an eine geruhsame Nacht ist nicht zu denken: Beim zwölften Schlag der Turmuhr taucht ein kopfloses Gespenst auf und versetzt die Freunde in Angst und Schrecken. Kokosnuss und Matilda erfahren, dass im Schloss die Gespensterdame Klemenzia haust, die niemanden in ihrer Nähe duldet. Höchste Zeit, das ungehobelte Gespenst in seine Schranken zu weisen ...